날개 돋다

 작가마을

사임당시인선 19

날개 돋다

초판인쇄 | 2017년 12월 20일 **초판발행** | 2017년 12월 25일 **지은이** | 문인선
펴낸이 | 배재경 **펴낸곳** | 도서출판 작가마을
등록 | 2002년 8월29일(제02-01-329호)
주소 | 부산시 중구 대청로 141번길 15-1 대륙빌딩 301호
         T. (051)248-4145, 2598 F.(051)248-0723 E-mail: seepoet@hanmail.net

정가 / 10,000원
2017 ⓒ문인선

국립중앙도서관 출판예정도서목록(CIP)

날개 돋다 / 지은이: 문인선. ― 부산 : 작가마을, 2017
   p. ;   cm. ― (사임당 시인선 ; 19)
ISBN 979-11-5606-092-5 03810 : ₩10000
한국 현대시[韓國現代詩]
811.7-KDC6
895.715-DDC23   CIP2017033551

이 도서의 국립중앙도서관 출판예정도서목록(CIP)은 서지정보유통지원시스템 홈페이지
(http://seoji.nl.go.kr)와 국가자료공동목록시스템(http://www.nl.go.kr/kolisnet)에서
이용하실 수 있습니다.(CIP제어번호: CIP2017033551)

본 도서는 2017년 부산광역시, 부산문화재단 지역문화예술특성화지원사업으로 지원을 받았습니다.

사임당시인선 19

날개 돋다

문 인 선 시집

제 4시집을 펴내며

고려를 살다간 이규보 선생님
천년이나 남을 수 있는 말을 꿈꾸지만
사람을 놀라게 할 말도 아직 찾지 못했습니다
그러나
누군가의 시린 가슴 따뜻이 위로가 된다면,
어느 뉘에겐 사랑이 된다면
얼마나 고마울까요

이 시집을 읽을 모든분들께
행운이 있기를…

아직은 부끄러운 시집을 내며

2017. 겨울
문인선

| 목차 |

제2부

제3부

제4부

제 1 부

구름도 시를 읊다

구름도
보고픈 책이 있나보다
내 서재를 기웃거리던 새털구름
파아란 하늘 데리고
성큼 들어선다
책장을 넘기던 책들이 저마다 손을 들어
반기고
컴퓨터는 국화차 대신 좌판기를 내어 놓는다
서랍 속 카메라는 웃통을 벗어던진 채 뛰쳐
나와서는
앞에서 알랑댄다
플라톤의 향연이 끝나는 동안
별들의 윙크에
구르몽의 낙엽을 들고
슬그머니
날개를 펼친다

창밖에서 시몬을 부르는 소리 들린다

빗물이 그린 그림

궁금했을 게다
넓을까 좁을까
누가 살까
착할까
미울까
따뜻할까
왜 저리도 꽁꽁 자신을 닫는 것일까
그래서
틈으로 엿보기로 했을 것이다
누구의 마음을 엿본다는 것
어느 가슴에 스며든다는 것은
얼마나 가슴 설레는 일일 것이냐
얼마나 손톱이 닳도록 움켜쥐며
떨리는 가슴을 억누르고
소리죽여 발을 디밀었어야 했으리
그 수고로움에 흔적 없이
사라질 수 없어
오줌싸개 아이가 남긴 지도같이
어쩔 수 없는 그림 하나

슬쩍 그려놓았다

연방 피어날 것 같은
저 노을 속 매화
물향이 은은하다

애처로운 것들은 다 서로 통한다고

양로원 앞에는 폐차장이 있었다

녹스는 소리가 들렸다
할머니는 폐차장에서 나는 소리라고 믿었다
빗방울에도 젖지 않던 그 눈부시게 반들거리던
휘파람을 싣고 하늘 길을 함께 날던 때도 있었다
속도는 열정을 비례했을까
꿈은 허무를 예측하지 못하고
콩죽처럼 부풀기만 하는 것
근육질 좋은 다리처럼 탱탱하기만 했던 날들
언제나 그럴 줄만 알았다
지구의 회전이 느려질 때 쯤
빵빵하던 다리 푸쉬시 바람이 빠지기 시작하자
가을은 양로원 마당에 젖은 낙엽 한 잎
무겁게 떨구었다

자꾸 걷고 싶었지만 갈 데가 없었다
밤마다 하늘 길을 걸어보고
숲속을 달려도 보지만

바람도 오지 않는
　아침이면 눈부신 해를 보는 것만큼이나
허망했다
　슬며시 내려다보다가 사라지는
　구름한 점, 찾아오는 건
　찌륵찌륵, 할머니,
　양로원에 들어오고부터 제 관절에 녹이
슬면서 나는
　소리라는 걸 까맣게 몰랐다
　애처로운 것들은 다 서로 통한다고
　굳은 손끝으로 폐타이어를 응시하던 할머니
　업고 뛰던 안고 뛰던
　그리운 한 때 있었노라고
　먼 하늘 바라보던 두 눈, 출렁,
　길 건너 모퉁이 한 간판에 꽂힌다. "새싹유치원"
　그 아래로
　재생공장으로 향하는 고철트럭 씩씩대며
지나간다

원효 느티나무

뿌리를 까뒤집는다
천년의 유물
장안사 앞 원효느티나무
보랏빛 장삼을 두른 까마귀가
목탁을 친다. 피피피
햇살이 피워낸 잎새
계절마다 바람이 실어갔다
욕심 부리지 않아 챙긴 적 없어도
세월은 한 번도 혼자 가지 않았다
아픈 뼈들은 찾아와 응석을 부리고
삼일을 굶었다고
아이 젖을 물린 채 맨발에 눈물로 온 여인
발톱 밑에 채인 돌부리 뽑아 주어도
그날에 핀 안개 무슨 꽃이 되었을까
어느 날은 멧돼지도 뽑힌 배꼽털이
억울하다고 씩씩대며 왔다 가고
마을에 전염병이 소문처럼 피어날 때도
생살가지 한쪽 떼어 미련 없이 주었다
눈 먼 북어 매달린 날은 영락없이

알 수 없는 주문으로 무당이 춤을 추었다
마을은 연꽃으로 피었을까
처녀 총각 콩깍지도 씌어주고
이별의 껍질 벗겨 바람 길 놓아주고
바람 불고 눈비 맞던 부풀지 못한 일상들이야
아침마다 두드리던 목탁소리 같은 것
원효가 파계하던 것을 보아 버려도
슬픔은 부풀지 않은 빵 같았다고
설총이 까막눈에 빛을 달아주지 않았느냐고
답답하던 벙어리 냉가슴에 사이다 맛을
느끼게 하지 않았느냐고
죽은 우물이 일어서서 저만치서 거든다
나는 죽어도 너는 살아서 부식되지 않은
서사를 쓰지 않느냐고

봤지?

비 오는 날의 온천천은
환경론자들의 시위장이 된다
온갖 잡동사니 다 들고 나타난 물의 군중
저 무섭도록 위대한 행렬을 보아라
스치로폴, 광고전단지, 나무 조각, 천 조
각, 타이어조각, 쇠 조각,
표어로 들고 나온 저 붉고 검은 온갖 잡동
사니
누구의 것일까 가늘고 긴 머리칼도 한 뭉
거들었다
온천천 둑 골대에 목을 매고섰다

온천천이 넘치도록 외치다가
비가 그치면
시위 군중은 사라지고
표어들만 지쳐서 여기저기 쓰러져 있다.

왜가리 한 마리
봤지! 봤지? 하며 날아간다

을숙도의 그리움

뉘가 저리도 그립기에
을숙도 갈대숲에
노을로 선 저 남자
소금기 없는 낙동강 물줄기를
그물처럼 움켜쥐고
먼 산 바라본다

멈칫멈칫
실바람이 눈치 보는 사이
하구서 하늘로 오르던 목련꽃
한 송이
자줏빛 시를 펼쳐
허공에 매어단다

때마침 높이 나르던 새 한 마리
구성지게 읊어대니
을숙도는 온통 그리움에
출렁인다

전설 같은 사랑을 꿈꾸다

부여로 가는
나는
한줄기 바람

서동왕자 찾아가는
선화공주와도 같이
궁남지로 달려가는
한 줄기 햇살

연꽃아
네 무엇이 내 마음 끌어
이리도 발걸음 급하게 하는가
밤새워 달려온 나는
귀먹은 바람
눈 먼 햇살

어느새 너에게 갇혀
전설 같은 사랑을 꿈꾸는 나
내 영혼의 순결한 날개 위에

너를 앉힌다

내 고결한 사랑
궁남지 연꽃아

제목이 없는 시 1

　몬테주 마매달린 집새의 집은 높은 나뭇가지
위에 있다
　그는 천적을 피해서라는데
　301m 고층 아파트
　누구를 피해서일까

　가짜 통로를 따로 만드는 오목이눈이에게
배웠을까
　그 고층 아파트에 사는 친구 집을 찾았다가
　미로 찾기 게임 같은 갈지자
　몇 개의 경비실을 거치는 동안 지쳐서
　지쳐서 돌아왔다

　나는
　그 친구의 천적일까

그래도 공존

헤임달이 지키고 있는
비프로스트 다리보다
견고한 철대문
바람도 허용 않는 창문
공기도 사서 먹고

얼굴도 예쁜 것으로만 골라 사서
코도 오똑하고 입술도 도톰하다
하늘 가까운 센텀시티 고층아파트 내 친구

저 어 기
감천에 가면 바람도 들락거리는 단칸방들
천장이 땅과 다정히 손을 잡고
방문은 골목과 어깨동무하고 있다

그곳엔
민들레 떡잎 같은 아줌마들의 햇살 같은 순한
얼굴을
볼 수 있다

눈부신 날은 오더라

사립문 너머 흰 길만 내다보던 빈 집
누군가 올 것만 같은 길
마당 큰 가슴에 그리움만 채우던
익숙해져 가는 나태가 두려웠던 빈집

한 계절이 찾아왔다
무허가로 집을 지은 거미는
강제 철거를 당했다
무단점령으로 자유를 누렸던 잡초들은
서슬 푸른 제초기의 심판에 밀려나고
갑작스런 인기척에
봉숭아 마당가로 늘어서서
살짝 흔드는 바람의 지휘에도
통통 발을 굴리며 합창을 한다
기별은 어디서 들었는지
바지랑대 들고 와 빨래줄 치는 고추잠자리
뒷 감나무에 떫게 붙어있던 감
성질도 급해라
볼이 상기된 채 지붕 위로 뛰어내리고

사랑채로 잇는 작은 연못
하늘 솟구치는 재주도 부리네
수상군무를 하고 있던 수련 속에서 불쑥
튀어나온 개구리
물오리 한 쌍 데려오면 어떻겠냐고
엉금 뒤뚱 엉금 뒤뚱 물오리 흉내를 낸다

갑자기 빈집은 막힌 혈관이 뚫어지고 있었다

이제
빈집은 혼자여서 무섭다고 칭얼대는
밤의 하소를 듣지 않아도 되겠다
된장 내 폴폴 나는 뒷집 장독대로 월담하는
허기진 부엌을 기둥에 붙들어 매지 않아도
되겠다
하늘의 푸른 가슴이 부풀어 오르는 동안
나비 같은 여인은
대문 앞에 이름표를 딱 붙인다
마당귀의 기별을 받은 얼음골 사과나무가
단정한 차림으로 면접을
기다리고 있겠다

돌아온 행복

유행에 민감한 그녀
어느 날부터 나를 돌아보지 않았다
참고 또 참았다 10년
켜켜이 포개지는 시간들이 나를
숨 막히게 하여도
풍선처럼 부풀었던 지난날을
되새김질 하며
달을, 해를 세고 있었다 10년
내 태어난 본적지
나는 얼마나 당당하게 태어났던가
슬픔대신 자존감을 생각해 본다
그 때 버림받은 친구들은
낯선 중국으로 간다는 소문이 파다했다
아직도 내 손바닥에서 떨고 있는 그들의 체온
찾지 않는다고 버려지는 건 아닐 거야
버림받는 공포 대신 나를 다시 찾을 희망을 갖자
사무엘 울만을 떠올려 보고
푸쉬킨의 삶도 읊어보고
믿어보는 행운의 주기

절망 대신 희망, 희망의 깃발을
마음속에 세우고 또 세우며
허벅지 움켜쥐었다

올해 들어
두어 번이나 나를 호명하더니
하루는 나를 데려갔다
내 본래의 모습을 찾기란 그리 어렵지 않았다
시선들이 나에게로 오는 것을 느끼며
나는 여전히 당당한 그날의 모습으로
돌아와 거리를 활보했다.

오늘은 레드카펫이라도 밟을 모양이다
핑크빛 스카프와 어울려 외출할 수 있겠다
아침부터 가슴이 설렌다

바다가

아무도 몰랐다
넓은 바다를 항해하는 배들도
오리발을 신고 물속을 들어가 전복을 따는
해녀들까지도
사람들은 답답하면 바다로 향하면서
바다는 시원할 거란 생각
오물에 질식한 물고기들 눈물에
바다가 더 짜워진 줄도
파도가 바다의 몸부림이란 것도
알지 못했다
빗줄기가 기둥처럼 굵던 밤
바다가 수런거렸다
빌딩숲을 이리저리 헤집고 다니고
빈집 대문을 열고 이집 저집 드나들고
솔향을 맡으며 솔숲 사이로 달려도 보고
바다고기들은 사과나무에 매달려도 보았다
포도처럼 주렁주렁 매달려도 보고
미끄럼을 타기도 하고
와인을 마시고

수박처럼 굴러도 보다
히히덕 거렸다

사람들도 발 대신 지느러미를 달아야
살 수 있으리란
생각은 빗나갔다
얼마쯤 육지를 휘젓던 바다는
제자리로 돌아갔다
육지는 좀 더 헐렁해졌다

다시
새날이 밝고 사람들은 정직해졌다

※ 태풍 매미가 왔을 때

한

수중 무열왕릉에서 황용사 터로 가다보면
검은 산 있다

재가 되지 못하고
눈을 감지 못하고
멀거니 서서 죽은 소나무 있다

무열왕은 죽어서도 신라를 지키기 위해
수중에 묻혔다지

벼락같은 기습
영문도 모른 채
타오르는 불길 속에
그들의 영토를 지키겠다 한 발짝도 물러서지
않았던 저들

자신들의 영토에 뿌리를 내린 이래
단 한 번도 남의 땅 침범한 적 없는데
날아가는 새들도

땅을 기는 짐승도
달빛도 별빛도 바람까지도 다 품어 줬는데
죽어서도 이해 안 되는 자신들의 죽음
한만 남아
더욱 검은 저 소나무의 주검들
꼿꼿이 선 채
눈을 부릅뜨고 있다

누가
저들의 눈을 감게 해 주랴

손가락을 걸어라

섬진강 물소리를 모아
오선을 그리고
지리산 솔바람 소리 모아
음표로 달자

찰찰 또르르르
나르는 황새를 청해
노래 부르게 하자

지리산
섬진강을 내세워
중매도 서게 하자
순천하동교는
오작교
전라도 춘향아 경상도 이도령아
새끼손가락을 걸어라

사랑이 저 가을 감처럼 영글면
너는 수사돈

나는 암사돈

오이소 가이소
천하에 제일 좋은
인연 중에 인연

달개비의 꿈

얼마나 다행한 일이냐
세상에 소용된다는 건

내 존재의 의미

하늘빛을 품고
태어난 나
땅을 보며 골몰했다

무엇을 할까

아차,
내게 눈길을 주던 소녀
갑자기 쓰러지네
저기 꼬리 빼며 달리는 독사 한 마리
돌아보며 혀를 날름거리네

저 놈은 또 무슨 짓을 한 게야

독이 그녀를 죽음으로 데려가기 전
나는 무작정 뛰어드네
곁에서 수다를 떨던 민들레 꽃다지
일제히 응원을 하네
그래, 생명을 구하는 일이야
내 살점 떼어줘도 좋다

하늘이
고개를 끄덕여 주었다

德不孤必有隣

누가
들꽃을 외롭다 하는가
온세미로
고요히 나라찬 너는
넓은 세상을 가졌어라

낮이면
높은 하늘이 안겨오고
밤이면
넓은 벌판이 다 그대의 것
아무도 듣지 못하는 별들의 이야기
그대가 듣네

미쁘다 들꽃이여
강물도 그대를 노래하고
바람꽃도 구름꽃도 다
띠앗머리 가졌어라

누가
들꽃을 외롭다고 하는가

책들은 치매에 걸리지 않는다

책들이 아우성을 친다
일렬횡대로 세우기엔 책꽂이가 역부족
여기저기다 탑을 쌓는다
책꽂이의 책들은
팔을 움직일 수 없다고 아우성
탑의 기단이 된 책들은
숨을 쉴 수가 없다고 아우성

골방이라도 하나 더 있었으면
생각다 문득
골방에 가둬둔다고 하소연 하던
103동 친구 어머니의 얼굴이 떠오른다

백 살을 먹어도 책은 치매에 걸리지 않는다
서유견문록!
베란다 귀퉁이 책장에서 손을 번쩍 든다

통영에 가면

통영에 가면
청마의 우체국이 있고

통영에 가면
박경리가 첫울음 운 오두막이 있고

통영에 가면
백석의 손방아를 찧는 어장주집 딸도 있다

통영에 가서
윤이상의 음악이 파도처럼 출렁일 때
파아란 하늘에 띄우는 편지를 쓰자
우체국 여직원은 우표를 붙이며
주소를 쓰라 할 것이다
파도여
청마는 이영도를 사랑하는데
나는 왜 청마의 거리에서 바람처럼 서성이는 가

제 2 부

누가 나를 꿈꾸게 하나

비 오는 날이면 어머니는 전을 구워 주셨지
나도
우리 어머니처럼 전을 구우려하네
부추대신 대파를 써네
눈물이 나네
대파도 양파마냥 눈물을 나게 하네

남자도 파를 썰면 눈물을 흘릴까
눈물 많은 여자도
처음으로 우리나라 지폐에 등장 했다지
신사임당의 이름은 인선
엄마 이름과 똑 같다고
딸아이가 야단이네
양파와 대파
성은 달라도 이름이 같아
신인선 처럼 지폐에 내 사진 걸 수 있을까
슬쩍
내 얼굴 포개어 본다

트럭 위 참외가

아저씨의 가슴을 열어보고 있다
화근내가 난다

그는 눈을 내리깔고 찬찬히 생각에 잠긴다
어떻게 이 불을 끄지
방도 없어 안간힘만 쓰니
제 몸에서 땀인 듯 향기가 났다
아저씨의 코를 간질여보지만
웃을 기색은 없다

그래
벌떡 일어나
작은 종이방석 끄집어내어
길가에 나 앉는다
오천원!
가슴에 이름표 하나 크게 매달아 보지만
저 무심히 지나는 이들의 발길을 붙들지 못한다

달다고 외치는 소리는

여름날의 오후를 달궈
하루가 부풀어 길게 늘어나기만 한다

이 나태한 오후를 어쩌랴

곁에 있던 인정 많은 은행나무가지 하나
지나는 아줌마의 지갑을 슬쩍슬쩍
훔쳐본다

연산교 밑에서

　니가 여자가, 니가 여자가
　혀가 굽은 남자의 목소리는 여인의 귓전에서
리바운드 되어 떨어지고
　남자의 무거운 엉덩이는 벤치를 붙들고 버틴다
　갑시다, 그만 일어나 갑시다
　달래듯, 숨고 싶은
　목소리
　몸뻬 입은 수수한 아줌마는 허리를 구부린 채
　술에 취한 남편을 달랜다

　꽃이 꽃이기를 바란다면
　꽃밭에 심어야지
　아줌마는 난전에서 생선이라도 파는 걸까
　비릿한 냄새가 났다

"갑시다, 그만 갑시다"

　돌아설 수도 없는 여인이여

그대는 무슨 빚으로 태어났길래
서러워하지도 못하는가

거기로부터 멀리 온천천 둑을 다 걷고도
자꾸 밟힌다
날지 못해 제자리를 맴도는
다리 부러진 그 비둘기

나도 아프리카로 가고 싶다

달빛 머금은 눈동자
포송포송 젖내 나던 발그레한 볼
우리의 노래, 향기로운 미래
바람도 꺾지 않던 그 꽃봉오리
누가 꺾었느냐
하늘은 어디 갔나
하늘 너마져

하피아란 말이냐

아프리카 초원에서 수많은 누 떼가
먹이를 찾아 도강하는 장면을 본다
천길 단애를 뛰어내려야 할 때
맨 앞에 나서서 가장 안전한 지대를 살펴
누 떼를 이끌던 그들의 리더
위험에 처한 어린 누를 구하기 위해
뒤쫓는 하이에나와 악어들 틈으로 되돌아
온 리더
어린 누를 구하고 장렬히 전사하는 의리의

누를 본다

　문득
　누 떼가 사는 아프리카 초원으로 가고 싶다

버려진 강아지

공원에 혼자 놀던 강아지 한 마리 나를 보고
있다
그윽이 애처로운 저 눈망울
가만히 내게서 연민을 읽어 내고 있다
따라가 볼까 섣부른 결정은 삼가자
바람찬 풀섶에서 이슬 맞고 자더라도
다시 버려지는 설움은 갖지 말자
다리에 힘을 주어본다
구름인 듯 꽃인 듯
분홍빛 원피스의 아줌마는 푸들을 안고
지나간다.
순간, 멍한 모습의 그 눈동자에 이슬이 맺
힌다
주인집 소파에서 재롱을 떨던 한 때를 추억
하며
색 바랜 하늘을 본다 풀려난 태엽을 감듯
본래의 빛깔을 찾아 발바닥이 닳도록 걸어
도 보았다
지금, 구멍 난 신발이 시리다

공원너머 복지시설 안에서 흘러나오는
아이들의 지저귐
　　그렇구나, 동물의 복지시설은 어디에도
없구나
　　이제 바람처럼 잃어버린 어제를 지우고
　　홀로 사는 법을 익혀야 한다.
　　오늘밤에도 구름이　내려와 이불이 되어
줄려나
　　별빛이 바람에 차다

꽃에게 쓰는 편지 1

너는 어느 빛의 나라에서
왔기에
이리도 화안한가

너는 어느 천사의 세상에서
왔기에
이리도 고운가

말하라
어떤 가슴을 가졌기에
이리도
나를 유혹 하는지

속삭여 다오
무슨 심장을 가졌기에
이리도
내 마음 설레게 하는지

너는

눈부신 햇살의 젖가슴
부드러운 하늘의 입술
아니, 아니,
내 어머니의 따뜻한 눈물인가

꽃에게 쓰는 편지 2

현관문을 열다
문득

내 안의 너
열어보고 싶다

번호 몇을 누르면
열리는 현관문처럼
카드 한 장으로 열리는 금고처럼

너를 열고 싶다

내 지문으로
네 마음을

대장장이의 팔뚝이 필요해

아침 이슬길
내 가슴팍에 겁 없이 뛰어든 너

당돌하다 말을 할까
곱다고 말을 할까

엄마 젖가슴에 숨어 있다 살짝 내민
아가야의 얼굴 같은 너 장미여

넌 매혹의 불덩어리
수평선 흔드는 폭풍
너는 나에 악마다

대장장이여
네 팔뚝을 빌려다오
이글거리는 용광로의 무쇠를
담근질하는 네 팔뚝을

* "대장장이의 팔뚝" 최길영 시인님과의 대화중에서

담배꽁초의 사랑

사랑하다가 죽자

가녀린 몸매
하이얀 소복
가는 실눈으로 너를 유혹한다

단 한 번의 입맞춤에도
내 달콤한 입술을 잊지 못하리

내 육신 아낌없이 사룬다
황홀한 사랑을 위하여
연기와 재로 남아도 좋았다
고독, 그럴지라도
가슴 하나쯤 떼어준들 어떠리
오늘의 사랑을 위하여
내일의 열정까지 남김없이 쏟는다

달콤한 우리들의 사랑이 끝난 뒤

등을 보이는 너는
내 자손심까지 처참히 뭉개다
꽁초로 버려진 내 육신
어떤 이는 나를 요녀라고 손가락질하고
어떤 이는 나를 악마라고 숙덕거리나
나는 태풍 뒤의 고요를 느낀다

내 연기와 재 속에
쓰러진 그 사랑을 추억하며
하늘을 본다

사랑하다가 죽었네라!
시인이여
비문을 써라
석수장이여
푸른 돌 하나 세워라

※ 광안리 백사장에서 환경운동을 펼치며

열녀비

구름도 쉬어간다는 고을, 월운
두 아름드리 정자나무 지켜보는 마을 입구
열녀비 하나 있다
마을을 지키는 대문처럼
고장의 상징처럼

내 어릴 때
자랑처럼 듣던 얘기
고을 내 어떤 시비^{是非}도
다 승소케 하셨다는 문장가
양반이 드세어서 그 누구에게도
하대를 했다는 할아버지
그 할아버지 임종 앞서
시집 올 때 소, 돼지, 염소까지 바리바리
몰고 오셨다는 할머니
자기 손가락 은장도로 단지하여
붉은 피 방울방울
깔딱 고개에 들어선 할아버지 입술에 적시니
염라대왕이 보낸 저승사자도 감동하여

차마 모셔가지 못했다고
할머니 희생적 공적은
열녀비로 가문을 빛내었다고

그 할아버지도 그 할머니도
얼굴 한 번 본 적 없는 나는
열녀얘기 들을 적마다
할머니가 요조숙녀 아닌
장군처럼 느껴졌는데

아, 자랑스러웠던 그 열녀비
마을앞 도로가 넓혀져도
사차원장비로 무장한 병원이 생겨도
옛날처럼 버티고 서 있지만

이젠
아무도 자랑하는 이 없고
찾는 이 없는 열녀비
홀로
가을 낙엽처럼 쓸쓸하다

제야, 그 경계에 서서

너는 무심
나는 속수무책
입던 옷처럼 편안하기만
하던 네가
이 밤 이별을 선언하네

못 다한 사랑 못 다한 사연
가난한 살림살이마냥
허전도 하다
쓸쓸도 하다

나는 너를
마디 없이 흐르는 강물인 줄 알았다
어찌하여 이리도 매정히
자르려 하는가

이 밤사 너를 붙들고 매달려도
어쩌나
저기 달려오는

포도청 군관 같은 발자국 소리
33번이나 재촉하는 저 소리
혼곤한 잠에서 깨듯
벌떡 일어나
동녘하늘 바라보며
또 다시 새 옷 입은 너와 약속을 하네
이번엔 꼭
첫날같이 하자고

강아지, 길에서 변사하다

도심대로
백주에 변사한 주검 하나
교통순경도 강력계 형사도
눈길 한 번 주지 않는 저,
번개같이 스친 굉음 한 마디
그 위를 구른 바퀴는 살인범도
뺑소니도 아니다
콧노래 높이 불러도
아무도 그를
비난하지 않는다
대접받지 못한 저 슬픈 목숨아
살아보겠다고 이리 뛰고 저리 뛰다
참변을 당한 너는
기구한 운명의 슬픈 넋
박살난 수박마냥 벌겋게 널부러진
육신
희디흰 무명천 하나 덮이지 않은
주검 위에
조상하는 햇살과 바람의 눈물자국이 붉다

단팥죽과 터널

불쑥 찾아온 인연 하나
팥죽이 끓는 시간은 오래 걸리지 않았다
달디단 팥죽을 먹는 동안
해와 달이 서둘러 달아나고
그러다가, 그러다가
혀끝 하나 일탈이었을까
호명하지 않아도
어느새 긴 터널 하나 다가왔다
동지가 지났는데도
밤은 깊고 어두웠다
터널의 끝을 찾지 못해
추억이라는 이정표마저 세울 수가 없다

너를 추억이라는 우리 속에 가둔다면
너는 돌아서서 서운타 할 것인가

어느 무덤

가을바람에 날리는 햇살
무쇠보다 더 무거운 그리움으로
배낭에 매달리고 궁항마을 뒷 언덕을 찾았다

떨어진 잎새 마냥 혼자였던 그 사람
떠난 자리가 슬프다
겨울 바다만큼 외로웠던 그
떠난 자리가 서럽다

단 한 잔의 술도 마시지 못한 사람
바다를 퍼마시며 울었을 것이다
바다처럼 짠 눈물은 다시 바다가 되어
외로움으로 출렁거렸을 것이다

외로운 사람 있어
이 언덕이 있고
그 사람 한숨이
억새풀로 피어났다

얼마나 많은 날들을
이곳에 서서
멀리 광양만의 굴뚝을
바라보곤 했을까

굴뚝마다 쏟는 연기
어디론가 떠나고 또 떠나다가
추락하여 돌아온 때면
떠나지 못하는 자신을 눈물로 탓했으리

무심히 떠날 줄 아는 그 부러움을
육십 평생
시리도록 아픈 눈시울로
말없는 무덤 만들어
광양만의 굴뚝만 바라보고 누었구나

무엇으로 너를 메울까

구멍 난 마음을 가진 사람이 있다

낮에는 시린 바람이 들락거리고
밤에는 독주로 채우는
시린 구멍을 가진 서러운 이여
내장 없는 통닭처럼 뻥 뚫린 동굴
무슨 꽃잎으로 속절없이
헐어진 그 성터를 메울 수 있을까
키워준 강아지도 애가 타는지
방도 없어 제 꼬리만 흔드네
모난 곳 없는 저 만월이면 어떨까
둥지로 날아가는 허공의 새에게 물어보네
산 빛 하나 물빛 하나
절간의 풍경소리 성당의 기도소리 살살 녹여서
토우를 빚는 도공의 손길로 네 마음 어루만져
메워볼까
슈베르트, 베토벤, 모차르트 모두 불러
환상곡 교향곡 그 아름다운 선율로 메워볼까
분홍빛 그 아련한 채색이면 어떨까

아, 내가
봄 햇살이 될 수만 있다면
봄바람과 함께 너에게 닿을 수만 있다면…

유혹

누가 일러 주었다
시간은 황금이라고
나는 시간을 가지려고 했다
모래알처럼 손가락 사이로 자꾸 빠져 나갔다
누가 또 속삭인다
'하루 늦게 태어난 셈 치라'고
신나게 놀고
다리 뻗고 잠도 잤다
지구가 기우뚱 했다

'지금 자면 꿈을 꾸지만
지금 일하면 꿈을 이룰 수가 있다'고
딱!
부처님 죽비 소리
지구가 벌떡 일어선다

제 3 부

不思自思

어디 아프냐 묻고 싶었다
무슨 일 있느냐 묻고 싶었다

꽃이 피었다 말하고 싶었다

손에 쥔 핸드폰 소용없는 너와 나
바람의 핵 하나 갈비뼈로 눌러놓고

쉽게 쓰는 전자 메일 두고
빨간 우체통 바라보는 눈

바보 같은 사이

구름에 흔들리는 꽃인 듯
바람에 나부끼는 날개인 듯
어렴풋 그려지지 않는

그래서
더 또렷한 너

너는 나의

빙산을 녹이는 햇살로
늘 음악으로 왔지
그러다가 명화와 명언 속에 숨어서
작은 별빛으로 오는 날도 있었지
은근히 귀를 간질이는
연둣빛 빗소리로 오더니
가슴 한가득
오로라 빛으로
아늑한 푸른 초원 속에 나를
데려갔어
날개가 돋는 줄 알았어
분홍빛 구름 위에 나를 올려놓더군
머리카락 기분 좋게 날리는
코발트빛 실바람으로
백색의 꿈을 꾸듯
신기루가 보였어
이슬방울인 듯 눈물방울인 듯 영롱한
가슴을 열어 들판을 달려도 좋은
일곱 색 무지개로 오기도 하던

하늘에서 보내준
선물이었어
새벽마다 연꽃 같은 설렘으로 맞이한
내 영혼에 스며든
한 아름 순정한 빛이었어

그리움이 사랑에게

사랑아
저길 보아라
낙엽은 제 난 가지 떠난다고
눈이 붉어 볼이 붉어
저리도 서러운데
우리도 이 가을
소식 없이 사랑하자
무심도 사랑이다
그러다가
그리움이 피어서피어서
눈꽃으로 날리면
내 그리움 네 사랑이 만나서
눈부신 연두빛 봄 하나 잉태하자
천지사방 푸른빛으로 물들여 놓고
제비꽃 은방울꽃 피어나는 어느 정원에서
하늘의 축복으로 단비를 만나거든
네 빛깔과 내 향기로
무지개 피어나는
달빛 젖은 여름날의 교향곡이 되자

사랑아
내 순정한 사랑아

음악을 듣다가

당신이 오실 때는
음악으로 오십니다

달빛으로 집을 짓고
별빛으로 길을 내어

회색구름 걷어내고
봄 햇살로 오신 당신

베토벤의 울림으로
슈베르트의 떨림으로

조여 오는 빈 가슴
터질듯 벅차올라

이어질듯 끊어지고
끊어질듯 이어지니

두 손 허벅지 찔러
그냥 울뿐입니다.

사랑이 스며드는 아침
– 슈베르트의 아침 인사

누가
이슬 젖은 푸른 들길을 걸어오네

눈부셔라
보이지 않네

흰 제비꽃 한 송이 흔들리고 있네

잔잔하던 바다
파도가 이네

지금은 열애 중

—베토벤의 전원 교향곡

누군가 내게
중매를 섰다

그는 귀먹은 사내
세상의 아름다움이
다 들리는 사내

희고 푸른
순수의 전원에서
우리는 만났다
또르르르 또르르
바람은 흐르는 강물을 퉁겨
상냥한 소리를 내네
태양은 숲 사이로 빛나고
새들도 날아와 축복의
노래를 낭낭히 불러주네

순정한 사람들이여
순수여,

마을 사람들 달려 나와
손을 잡고 춤을 추네
우리는 서로 눈빛으로 말을 하네
사랑한다고… 사랑한다고…

아,
뜨거운 사랑은
폭풍이어라
세상의 티끌도
너와 나의 갈등도 부셔버려라
날려버려라

하늘과 땅이 한줄기 청량한 빛으로
우리를 축복해 주네

이윽고
평화로운 새날을 맞이하네
햇살이 눈부시네

열애 2

처음엔
숨기고 싶다

나중엔
자꾸 들어내고 싶다

그래서 더 숨긴다

양파의 속살처럼   까도까도
똑 같은 속살로 우겨야 한다

온전한 너를 위하여

열애 3

소리 없는 비둘기 발자국

가슴은 설레설레
실없이 흐르는 입가의 미소

천둥
번개
아,
이 열뇌熱惱야

온전히
하늘에 피어난
영롱히 붉은 한 송이의 장미

나도 무엇이 되고 싶다
– 탈리스 환상곡을 들으며

산들바람 될까
저녁 어스름 논일에서
돌아온 농부의 이마
땀방울 식혀주는

카랑한 강물 되어
속 타는 어느 뉘 가슴으로 흐를까

초가지붕 소담스레 피어있는
청초한 저 박꽃
그 은은한 향기가 될까

발꿈치를 들어라
동산위에 오르자
저기, 창가에 숨어들어
가만히 그대 비춰 보는
달빛이 되자

행여 눈치 채면

웃으실까 화내실까

그래,
그대 시린 가슴 살포시 위무하는
환상곡이 되자

사람아
본 윌리암스를 불러라

칸나를 그리며

완벽한 헌신과 정열
눈부신 빛으로 나를 물들이던 너
태양의 빛깔로 타버렸나

여름 내내
네 심장에서 꺼내준
알알이 익은 언어는
내 가슴을 흐르는 교향곡

가을바람 무정타
단풍보고
울지 마라

칼바람 분대도
따뜻한 너의 음악 있으니

다시
여름날 되거든
네 빛깔과 내 향기로

세라핌의 트럼펫을 불자
불멸의 황금 줄 하프를 켤 테니

나는 알았어

어느 날 네가
지구의 자전을 멈추게 하고
밤새도록 노래를 지어
불러주었을 때
내게 심장이 있다는 걸 처음 알았어

초록이 햇살에 생기를 찾고
바람도 순백의 빛깔을 띠던 날
내게도 심장이 있다는 걸 알았어
네 노래는 내 심장의 파도였어

비로소
하늘이 열리는 줄 처음 알았어
날고 싶었어
날개를 젖지 않아도 되었어

이슬 같은 눈물은 햇살에 날아가고
슬픔은 노래되어 봄바람으로 살랑거렸지

아, 내게도 심장이 있다는 걸 알았어

심장이 처음으로 말을 했어
아지랑이처럼 속삭였지
아무에게도 한 적이 없는
그 말 한마디…

6월과 7월 사이
— 베토벤의 전원교향곡

6월과 7월 사이
시간이 잠시 멈췄다
베토벤이 손을 내민다

바람도 잠자는 한 밤
지구도 멈춰 섰다
연둣빛 정원에서 둘이 만났다

아무도 눈치 채지 못한다
둘만의 밀어…

드디어
눈부신 아침이 열린다

온천천 1

어제까지 아프게 살아왔던 온천천
오늘은 따뜻한 햇살 되어
하늘같은 문을 연다

한 때 무지개처럼 피어오르고 싶던
꿈
끝없이 무너졌던 적 있었다
한없이 아프게만 했던 사랑
심장에 시커먼 상처를 던지고
등을 보였던 사랑

모진 세월 지나
따스한 손길로 돌아와 주었다

움푹 패었던 시린 가슴
밤새 새살로 돋았다
피멍으로 맺혔던 혈관
사랑의 체온으로 뚫렸다

다시 날고 싶다
먼 하늘 저쪽에
꿈이 절망으로 변해버렸던
그날들
어두움에 떨었던 서러운 날들도
죄다 날려버려도 되겠다

다시
무지개 되어 피어오르고 싶다
이제 맑고 푸른 하늘 가슴에 담자

지금 내게서 얼굴을 닦은 햇살이 눈부시다

온천천 2

이제 되찾았네
생명을
은비늘 반짝이며
싱싱하게 출렁거리는 온천강

이제 되찾았네
생명의 시원
꽃들이 풋풋한 향기 뿌리고
새들은 영혼을 노래하네

이제 되찾았네
생명의 환희를
저녁이면 머리에 첫사랑 품은 노을을 이고
아침이면 발아래 꿈을 실은 무지개 뜨네

이제 되찾았네
영원을
하늘을, 태양을 함께 하는 온천강

온천천 3

그대가 흐르는 인생길
하늘을 품었구나
쉬는 듯 흐르는 듯
어느 여유로운 음악가의 선율인가
사람들은 누구나 그대를 좋아 하네
무수한 눈빛과 신발소리
그대에게 모여 드네

몰랐네
서걱거리는 갈대 소리를 들어도
그대 곁에 서면 생기가 돈다는 것을

해도 달도 그대 곁에서
빛을 내네
벚나무 연분홍 치마
신나게 날리던 봄날
온갖 꽃들이 다투어
노래했지

그대는 품 넓은 여인
꽃도 있고 새도 있고
메기도 그대 품에서 살이 찌네

아, 나도 이 아침
그대 곁에 가고 싶다
그대와 손잡고 달려보고 싶다.
연꽃이 부도의 마음을 전하는 그 길
온천 강

온천천 4

달덩이 같은 그리움 안고
그대에게 갑니다.

먼 길 험한 길
차라리 맨발로 달려갑니다

막막한 벌판
어둔 밤도
시린 발목 홀로 절며 갑니다

지나는 길목마다
서러움은 안개처럼 피어나도
그대의 뜰에 당도할 날만을 기다려
숨 쉬는 시간조차 아까웠던 그 초조

억센 팔로 휘어잡는 우직한 갈대사내
점잖은 척 호방한 척 은근슬쩍 유혹하는
왜가리신사
꽃미남 유엽도의 의미 있는 눈짓에도

두 눈 질끈 감았습니다

아, 드디어 당도한 그대의 뜰이여
아시나요
내 온몸의 세포가 일제히 일어서서
그대의 뜰을 적시는 이 눈물이
내 전 생을 다한 순결이라는 것을

온천천 5

냇물도 정이 많아 사람들과 놀고파서
구름처럼 하늘처럼 흐르는 듯 멈추는 듯
냇물에 빠진 저 달도 나올 줄을 모르네

긴 다리 왜가리는 달을 보고 희롱하고
숭어 떼 물을 튕겨 아이들과 장난치니
어른도 손잡고 나와 냇물하고 노닌다

갈대가 하늘로 크는 생명의 온천천
계절 없이 꽃이 피고 새들이 노래하니
사람들 모여들어 너도 나도 웃음꽃

사람이 순해지고 물은 더욱 맑아지니
수달도 산에서 내려와 온천천에 깃들고
사람과 자연이 서로 손을 잡은 온천천

제 4 부

풍경 2

산 넘어 바람은
산사의 적막을 알았나보다
슬그머니 찾아와
덩그렁 댕그렁
적막을 노크한다
놀란 동박새 파르르
날개를 펼치고
오수를 즐기던 하늘은 뭉게뭉게
서둘러 목화밭을 가꾼다
긴 계곡을 거슬러 온 사람은
무슨 사연 있기에 부처님께 저리도 매달리는지
보다 못한 풍경이
바람을 붙들고 운다
덩덩 덩그렁 그렁그렁

풍경 하나가

누가 첫새벽 이슬을 받아 모았나
참 이슬이라네

이슬처럼 영롱해지려는 이들의
몸부림인가

풀잎에 내리지 못하고 땅에 떨어진
운 나쁜 이슬처럼
빈 술병처럼
사나이의 몸이 퍽
앞으로 꼬꾸라지는 동안
서녘으로 지는 해가 반짝
여인의 눈섶 끝에
무지개를 띄워보려 애써도
무겁기만 한 눈물

화덕 속 연탄재도
속이 타는데

장글장글 장글벨
비온 뒤 무지개는 뜬다
비온 뒤 무지개는 뜬다
저만치서 들려오는 캐롤 소리 영롱하다

까치밥 1

인간은 인심 쓴다 생각하고
까치는 본시 제 것이라
눈 부라리네

슬쩍 불던 바람
어이 상실이라고 헛발질 해대며
햇살 꼬드기네

어느새 적과 동맹을 맺은 햇살
구름을 끌어당겨
제 빛을 가렸다 폈다
으름장을 놓네

긴 세월 너그럽기만 하던 대지
참을 수 없다는 듯
지지진 지지진 한 번
큰 기침 하니
풍비박산
허둥대는 저 인간들과 까치

꼴 좀 보소
땅굴 파던 개구리가 키득거린다

가을 들녘에 서서

가을 들녘에 서면
사르비아 타는 소리 들립니다
누구를 향한 사랑이 저리도
절절할까요
제 가슴 다 태우는 저 소리
그대여 들리시나요
내 옥 같은 눈물이
바다보다 더 푸른 저 유리알 하늘에
떨어집니다
풍덩
파문이 일어납니다
산 너머 단풍잎을 쪼던 산새
파르르 놀래 납니다
내 그리움 그 날개에 얹어
그대에게 보냅니다

먼 산 바라보던 그대여
적요로운 그대 뜰에 당도한 내 사랑을
순결한 영혼의 노래로 맞아주소서

저길 보셔요
황금빛 노을이 진실로 아름다운 우리들의
시를 쓰고 있어요

가을 방화범

앞집 청상과부
심장에까지 불길이 번져
어디론가 실려 갔다고 한다
필시 누군가가 불을 질렀다고
사람들은 수군댔다

그 뒤 아파트 화단에는
앙상한 나목만 한 그루 서 있었다

기생초

너는 어찌하여
하 많은 이름 중에 기생초더냐

억울하다고
억울하다고
바람이 불 적마다
도리질을 해댔구나

원망하다
때로는 체념하며
하늘을 보았을까

어쩌나 유독
사람들은 모른다
하늘 앞에선 모두
동등하다는 걸

비 오는 날

비가 온다
바람 없이 오는 비는 탬버린을 치듯
경쾌한 소리
시의 리듬을 만든다
시를 읊조린다
우리 할아버지의 초롱초롱 책 읽는 소리

마당에 널린 나락
장대비에 멍석까지 떠내려가도
그 빗소리 리듬으로
책만 읽던 우리 할아버지
그 아들
그 아들의 딸이
시를 읊조린다

비오는 마당에는
꽃밭에서 두꺼비 엉금엉금
어김없이 나타났는데
비가 와도 맹꽁이 한 마리 나올 수 없는

삭막한 베란다
난 분 몇 동그맣다

할아버지와 아버지 살던 집
내 유년의 집
그 꽃밭과 폭신한 흙 마당
어느새 슬쩍 옮겨놓고
시를 읊조린다
할아버지처럼
울 아버지처럼
비처럼

파도가 눈치채다

달 없는 달밤
문텐로드를 걸어보라
숲들이 불을 켜고 손잡아 주리라

비오는 동해남부선 철길을 걸어보라
구름의 시샘에도
달은 뜨리라

바람의 기별에
파도가 달려와 속삭이는 귓속말
짝사랑은 하지 말란다
어쩌나요
들켜버린 마음 하나

내일 아침, 해가
붉겠네

키스

콘스탄틴 브랑쿠시
1876-1957
프랑스 루미니아 출신

키스를 하는 그에겐
코는 필요 없었다
어차피 숨 막히는 일
눈과 입술만 있으면 되었다
코보다 서로를 휘어감을 긴 팔이 더 필요했다

※ 브랑쿠시 조각상을 보고

그곳에는

새벽마다 바다가 출산의 산고를 치르고 나면
금실 같은 햇살을 부려놓는 곳
일명 토끼꼬리 눌러앉은 등대 하나 있다
부지런한 파도는 물빛을 씻어내어
속살이 환히 보이는 바다

초청장이 없어도
해운대를 거쳐 송정을 지나
해안선을 따라 부지런히
자동차만 데리고 나타난 여인
숨겨 논 애인처럼
바다 건너 마중 온 바람과 포옹한다

주고받는 술잔 없어도
헝클어진 세상사 털어놓기 좋은 바다
갈림길에 서성이던 발걸음
등대에게 해답을 묻는다

그게 인생예요

갈매기 공연에
흥겹게 일어서는 파도
바다를 쉼 없이
마셔대는 소라껍데기
발그레 취기 도는 서녘하늘
등대의 윙크에도 일어설 줄 모른다

고령에 가면

나뭇잎도 사부작사부작 운율 다듬고
냇물도 자갈 위를 구르며 리듬을 탄다

햇살이 금실 뽑아 거문고 현을 만드니
바람은 살랑살랑 그 현을 켠다

우륵의 12곡이 여기서 저기서 온통
정정하게 울린다 쾌빈리 정정마을

그곳에는 아직도
대가야의 우륵이 살아 있다

토암공원의 햇살이 편안한 이유

토암공원 가면 하늘로 머리 뚫린
토우가 있다 귀도 없이
입만 크게 벌려 노래하는 토우들 있다

들어서 병이요
몰라서 약이란다
머리는 항아리
고추장처럼 매콤하고
된장처럼 잘 발효시킬 수 없거들랑
멋진 장맛을 낼 수 없거들랑
날것으로 속절없이 채우지 마라
욕망도 집착도 허망의 그물
하늘 향해 항아리 뚜껑을 열어라
토암공원 토우처럼
그래도 남은 것 있거들랑 토해버려라
노래로 소리로 토해버려라
토암공원의 토우들처럼

늘 햇살이 편안한 토암공원처럼

그리움 7

가슴을 만져봅니다
꼭꼭 눌러도 보고
아가의 볼을 어루만지듯 살살
쓰다듬어도 봅니다
손의 따스한 온기를 전달시켜 보려고
안간힘을 써보기도 합니다
소용이 없습니다
내 안 심곡에서 누가 웁니다
여전히 흰 눈처럼 쓰립니다
한 번 울면 3백 번을 우는 귀뚜라미도
밤에만 우는데
가을 하늘은 어쩌자고 저리 푸르고
단풍은 무엇 땜에 저리 붉어서
내 눈썹을 밟고 지나가는 이
그늘로 난 작은 길을 따라
바람처럼 따라 가고
자동차는 집으로 오는 퇴근길을 달리는데
그 안에 내가 없습니다
나를
찾아 주세요

바다의 추억

바다에는 계곡물의 추억이 있다
넓은 세상을 꿈꾸던 시절
높은 산에서 절벽을 뛰어내리던 폭포의 추억

어제는 새로운 내일을 꿈꾸지만
오늘은 어제가 그립다
폭포의 추억은
잔잔한 수평선이 싫다
사방을 둘러보아도
뛰어내릴 곳이 없는 바다
이제
뛰어 오르고 싶다
달리고 달려서 바위벽을 치며 뛰어 올라본다

지금은 돌아갈 수 없는
절벽을 뛰어내리던 짜릿했던 그 순간들
이제
파도로 솟구치는 연습을 하고 있다

잠자리 풍난을 떠나보내며

네가 내게 온지 3년
나는 너의 식성을 몰랐다

내가 차를 마실 때마다
너에게도 차를 권했지
심심해도 한 잔
갈증에도 한 잔
내 입맛에 맞추려 했고
내 체온에 맞추려 했다

너는 불평을 말하지 않는
평화주의자

언제나 미소만을 선사하던 너는
지상의 아름다움을 수호하는 천사

호들갑을 모르는
조선의 요조숙녀
내 어머니 같은 인품의 소유자

네 고통 따윈 말한 적 없었다.
어둠이 몰려오는 죽음 앞에서도
묵묵히
장좌불와 한 너

남기고픈 사랑 하나
네 목숨과 바꾸었나
혼신으로 이뤄낸 네 꽃과 향기여
최후의 성찬이여
모진 정이여!

잠자리 풍난에게 2

나를 멍청이로 만들어버린 너
내 마음까지 죄다 **뺏어버린** 너
한마디 말도 없이 홀연히 떠나버린 너는
무엇 이었니
네 희디흰 시신 앞에
가장 깨끗한 눈물로
조상케 하는
너는 나의 무엇이었니
너와의 애틋한 연분을 추억하며
이리도 애달픈 사념에 잠기게 하는 너는
무엇이었니
순결한 네 영혼이여
황홀한 네 내음새여

나는 또 너의 무엇이니?

녹원 속의 상사병을 위한 서설

- 문인선 시의 세계

정 훈 (문학평론가)

　너무 훤하게 보여 다가서니 그것은 어둠이요 쓸쓸함이다. 캄캄한 먹물 같은 문을 잡아 여니 불처럼 이글이글 타오르는 세계가 훤하다. 너를 잡으니 너는 이미 달아나버리고, 달아나버린 줄로만 알았던 당신이었는데 어느새 눈앞에 덩그러니 서 있다. 사랑이려니 여겼으되 미욱한 그리움이요, 쌀쌀했던 그였는데 실은 순박한 정열이었다. 마음이 동하는 때 그칠 줄 모르고 언제 그랬냐는 듯 홀로 영원을 꿈꾼다. 그래서 세상에 늘 머묾은 변덕과 환영과 착오의 쉴 새 없는 진자운동처럼 고요할 새 없다. 그래서 더욱이 인간은 늘, 변함없이 그 자리에 남아있는 절대 존재를 그리면서 시간을 채우고 싶어 하는지도 모르겠다. 있어야 할 것은 반드시 있다. 그리운 것도 분명 존재한다. 그런데 마음은 갈대가 바람에 나부끼듯 갈팡질팡 이리저리 기댄다. 마음이 문제가 아니고 저 풍경이 문제인

것인가? 나를 사로잡고 밀치면서 뒤흔들어놓는 대상
과 세계가 나 자신을 밧줄로 꽁꽁 묶어 질질 끌고 간
다. 문인선의 시는 간단히 말해, 세계가 내뿜는 입김
과 이야기가 풀어내는 그림 속을 들락거리면서 그 정
서의 단면을 보여준다. 이는 소극적 적극성의 세계 개
입이요, 세계와 대상을 향해 파고드는 감성의 활성이
다. 시가 주체와 대상의 미적 교호 작용이라 할 때 문
인선의 시가 이에 들어맞는다. 그는 여리고 순정한 마
음으로 세상을 매만진다. 호기심이거나 혹은 관찰이
거나, 시인이 어루만지는 대상은 저마다 사연이 있어
서 독자들은 시인의 시선에 올라앉은 자신들의 눈동
자를 의식하게 할 것이다. 사연이라고 했지만 실은 대
상이 만들어내는 풍경이요 이미지다. 즉 시인은 대상
의 풍경과 이미지에 잠입해 들어가는 손님이다. 이것
이 가능한 까닭은, 시인에게는 이 세상의 모든 것이
시로 화化하는 질료요 이와 동시에 시적 잠재성이기
때문이다.

  누구의 마음을 엿본다는 것
  어느 가슴에 스며든다는 것은
  얼마나 가슴 설레는 일일 것이냐
  얼마나 손톱이 닳도록 움켜쥐며
  떨리는 가슴을 억누르고
  소리죽여 발을 디밀었어야 했으리
  그 수고로움에 흔적 없이

사라질 수 없어
오줌싸개 아이가 남긴 지도 같이
어쩔 수 없는 그림 하나
슬쩍 그려놓았다

-「빗물이 그린 그림」부분

　빗물을 의인화했지만 기실 시인의 마음이 아니었을
까. 상대의 세계 안으로 잠입해서 그와 함께 스미고
싶은 욕망이 잔잔하게 형상화된 작품이다. 시인은 이
런 행위가 "가슴 설레는 일"이라고 했거니와, 두 대상
의 스밈과 합일에서 시적 행위가 생겨난다. 시는 어쨌
거나 시인이 단호하게 세계의 내밀한 곳을 건드리면서
이를 확인하는 언어의 발레다. 그렇기에 시인의 마음
은 늘 비어있어야 하며, 또한 언제라도 찾아오게 되어
있는 대상의 손 내밈에 부드럽게 감응해야 하는 것이
다. 문인선 시인의 시들이 보여주는 두 대상, 혹은 두
세계의 소통과 눈짓은 「빗물이 그린 그림」뿐만 아니라
다음의 시에서도 확인할 수 있다.

자꾸 걷고 싶었지만 갈 데가 없었다
밤마다 하늘 길을 걸어보고
숲속을 달려도 보지만
바람도 오지 않는
아침이면 눈부신 해를 보는 것만큼이나 허망했다
슬며시 내려다보다가 사라지는

구름 한 점, 찾아오는 건
찌륵찌륵, 할머니,
양로원에 들어오고부터 제 관절에 녹이 슬면서 나는
소리라는 걸 까맣게 몰랐다
애처로운 것들은 다 서로 통한다고
굳은 손끝으로 폐타이어를 응시하던 할머니
업고 뛰던 안고 뛰던
그리운 한 때 있었노라고
먼 하늘 바라보던 두 눈, 출렁,
길 건너 모퉁이 한 간판에 꽂힌다. "새싹유치원"
그 아래로
재생공장으로 향하는 고철트럭 씩씩대며 지나간다
　　　　　　　　－「애처로운 것들은 다 서로 통한다고」부분

　　양로원과 폐차장의 대비를 통해 싱싱했던 지난날
이 흘러 가버리고 그야말로 존재의 황혼에 접어든 쓸
쓸한 정경을 형상화한 작품이다. "자주 걷고 싶었지
만 갈 데가 없었다"는 진술에서도 능히 상상이 되듯,
세월 때문에 발걸음을 옮기지 못해 정지해 있을 수밖
에 없는 노인의 상태를 알 수 있다. 이는 또한 폐차장
의 폐타이어가 직면한 실존적인 상황이기도 하다. 대
상이 서로를 마주보며 소통하는 것은, 그것이 긍정적
이든 부정적이든 의미를 낳는다. 그리고 이 둘 사이에
서 빚어내는 의미를 응시하는 시인의 눈이 있다. 복잡
하게 헝클어진 세상의 요소들을 하나의 시적 의미로

생산하는 창작 주체로서 시인에게 위 시에서 등장하는 노인과 폐차장의 스산한 풍경은 무엇으로 다가왔을까. 그런데 우리는 굳이 시에서 의미를 찾는다든지 시적 메시지가 무엇인지 탐색하는 일의 무의미함을 상기할 필요가 있다. '애처로운 것들은 다 서로 통한다고' 감지하는 시인의 마음, 그리고 이러한 연민의 정이 생길 수밖에 없는 이 세계의 얼굴들에서 시적 언어와 미학이 생겨날 구석이 있지 않을까. 시는 단지 대상을 보고 느낀 감정의 표현만이 아니라 칠정七情의 흐름을 주시하면서 절로 흘러넘치는 말들의 꼬리를 다듬고 품는 행위를 수반하는 것이다.

산 넘어 바람은
산사의 적막을 알았나보다
슬그머니 찾아와
덩그렁 댕그렁
적막을 노크한다
놀란 동박새 파르르
날개를 펼치고
오수를 즐기던 하늘은 뭉게뭉게
서둘러 목화밭을 가꾼다
긴 계곡을 거슬러 온 사람은
무슨 사연 있기에 부처님께 저리도 매달리는지
보다 못한 풍경이
바람을 붙들고 운다

덩덩 덩그렁 그렁그렁

-「풍경 2」전문

　　바람이 산사를 찾아오는 풍경을 형상화했다. 바람은 어디에도 있는 자연현상이다. 비단 산에서만 부는 것은 아니다. 물론 지극히 당연한 말이지만, 시적 정황과 분위기에 집중하다 보면 바람이 마치 감정을 지닌 생명체이듯 특정한 장소에 제 의지를 발휘해서 들르는 것처럼 느낀다. 유동적이고 부드러운 공기의 흐름인 바람, 이 바람의 행보가 산사의 적막과 만나는 장면이 한 폭의 그림을 보는 것처럼 자못 고요롭다. 여기서 은밀하게 방문한 바람과 산사가 어우러지는 적막의 풍경에서 울리는 소리에 주목한다. 필시 풍경소리임에 틀림이 없는 "덩그렁 댕그렁" "덩덩 덩그렁 그렁그렁" 울리는 소리는 바람과 적막이 혼연일체가 되어 끝내 피어난 존재의 선연한 외침이 아닐까. 소리 안에 세계가 완성되고, 세계의 어울림이 아름다움 음악으로 화化하는 장면이다. 그런데 위 시에는 그런 평화로운 의미만이 놓여있는 것은 아니다. "무슨 사연 있기에 부처님께 저리도 매달리는지/보다 못한 풍경이/바람을 붙들고 운다/덩덩 덩그렁 그렁그렁"대는 속세의 눈물이 있다. 산사 한복판에서도 세사(世事)의 희로애락이 묻어온다. 고요함 속에 들앉은 인정의 상흔과, 상처와 눈물을 훔쳐보며 미세하게 떨고 있는 바람의 얼굴이 눈에 선하다.

문인선의 시가 사연과 그리움을 간직한 대상에 대한 관심이 주된 시적 정조로 드러난다면, 뒤집어서 말해 그의 세계가 그만큼 말랑말랑하고 연약한 세포막으로 둘러싸여 있다는 뜻이기도 하다. 대상에 대한 적극적이고 능동적인 반응은 오히려 시적 화자의 수용성을 두드러지게 한다. 세상을 향해 무한히 열려 있는 시인의 감각세포는 언제라도 이 세계의 목소리를 들을 준비가 되어 있는 것이다. 이번 시집에서 한 줄기를 차지하는 음악시편들을 빗댈 수 있다. 소리를 흡수하며 받아들이는 수용성의 마음이 흘러가는 동선은 아마도 시인이 시를 쓰면서 닿고자 하는 시적 이상향과도 관련이 있을 것이다.

빙산을 녹이는 햇살로
늘 음악으로 왔지
그러다가 영화와 명언 속에 숨어서
작은 별빛으로 오는 날도 있었지
은근히 귀를 간질이는
연둣빛 빗소리로 오더니
가슴 한가득
오로라 빛으로
아늑한 푸른 초원 속에 나를
데려갔어
날개가 돋는 줄 알았어
분홍빛 구름 위에 나를 올려놓더군

머리카락 기분 좋게 날리는

코발트빛 실바람으로

백색의 꿈을 꾸듯

신기루가 보였어

이슬방울인 듯 눈물방울인 듯 영롱한

가슴을 열어 들판을 달려도 좋은

일곱 색 무지개로 오기도 하던

하늘에서 보내준

선물이었어

새벽마다 연꽃 같은 설렘으로 맞이한

내 영혼에 스며든

한 아름 순정한 빛이었어

- 「너는 나의」 전문

　시의 화자에게 다가오는 그 무엇의 실체보다는 어떻게 다가오는지, 그리고 그 무엇이 다가올 때의 느낌이나 정황이 자아내는 이미지가 우세한 작품이다. 그것은 "음악으로" "작은 별빛으로" "연둣빛 빗소리로" "일곱 색 무지개로" 오는 선물이며, 결국은 "내 영혼에 스며든/한 아름 순정한 빛"이다. 우리는 시인이 이 세상과 교감하면서 시심(詩心)을 토해내는 가운데 떠오르는 이미지의 성격에 주목할 필요가 있다. 문인선의 시는, '시'가 놓여있어야 하는 가장 이상적이고 극대화된 '순정'의 세계를 지향한다. 그것은 불순하고 오염된 세상의 반대편에 자리 잡은 공간이며, 악덕과 부조리의 공간에서 벌어지는 추한 사태들을 사선으로 비껴가면서 닿게 되는 이상적인 세계이다. "새벽마다 연꽃 같은 설렘으로 맞이한/내 영혼에 스며든/한 아름 순정한 빛"인 '그것'은 무엇인가. 비록 특정해서 알 수 있는 대상이 아니더라도 시인을 설레게 하는 것은 아마 이 세상을 아름답게 여기게 만들고, 또한 거기에서 발원한 시심으로 하여 시를 쓸 수밖에 없이 만드는 대상이 아니었을까. 이 순정한 미학주의자의 시편들은 성전^{聖殿}의 모자이크처럼 여기저기서 빛에 반사된 순금이 되어 독자들에게 다가간다.

　누군가 내게
　중매를 섰다

　그는 귀먹은 사내
　세상의 아름다움이
　다 들리는 사내

　희고 푸른
　순수의 전원에서
　우리는 만났다
　또르르르 또르르
　바람은 흐르는 강물을 퉁겨
　상냥한 소리를 내네
　태양은 숲 사이로 빛나고

새들도 날아와 축복의
노래를 낭낭히 불러주네

(…중략…)

아,
뜨거운 사랑은
폭풍이어라
세상의 티끌도
너와 나의 갈등도 부셔버려라
날려버려라

하늘과 땅이 한줄기 청량한 빛으로
우리를 축복해 주네

이윽고
평화로운 새날을 맞이하네
햇살이 눈부시네

－「지금은 열애 중－베토벤의 전원 교향곡」 부분

　　문인선의 시에서 두드러지는 순수와 상상의 행복한
만남은 위 시에서도 나타난다. 그에게 음악은 시적 상
상력을 증대하는 중요한 매개이자 수단이다. "희고 푸
른/순수의 전원에서/우리는 만났다"는 진술에 주목한
다. 필경 베토벤임이 분명한 사내와 음악을 중간다리

로 해서 행복하게 만난다. 음악, 특히 천재 음악가가 작곡한 음악의 경우 사람의 영혼을 건드려서 무한한 감동의 세계로 빠져들게 한다. 시도 음악과 마찬가지로 사람의 영혼을 맑게 하고 이 세계의 깊숙한 내부를 느낄 수 있게 하는 점에서, 아마도 위 시는 순수예술을 대표하는 두 장르가 뒤엉킨 그림이라고 보아도 무방할 것이다. '지금은 열애 중'이라는 시 제목이 상기하는 것처럼, 시의 화자는 자신에게 음악을 선물한 작곡가에게 빠져있다. 시공을 초월해서 열정적인 사랑을 서로 나눈다. 이러한 "뜨거운 사랑은/폭풍이어라/세상의 티끌도/너와 나의 갈등도 부셔버려라/날려버려라"고 진술하는 화자의 마음의 단면은 과연 어떠할까. 가장 아름다운 시는 결국 음악을 닮고, 아름다운 음악 또한 결국 시처럼 사람들에게 다가설 것이다. 문인선의 시가 지향하는 상태도 아마 음악이 아닐까. 읊을 수 있는 시는 리듬이요, 리듬은 사람들의 생체리듬을 가장 자연스러운 상태로 되돌려준다. 이 점에서 서정시의 참된 의미를 곱씹어 본다. 시가 원래 원시종합예술의 한 형식에서 빠져나온 예술의 장르라면, 아마 현대시라고 하더라도 그 안에는 우주적 리듬의 맹아가 숨겨져 있을 것이다. 우주적 리듬이라고 해서 이세계의 흐름과 무관하거나 아주 동떨어진 상상의 영역은 아니다. 모든 생명체 안에는 이 세계, 아니 우주전체의 기운과 상응하는 개체적 기운이 있기 마련이다. 시는 각자 속에 들어있는 생명의 리듬과 기운을 일깨

워서 개체를 전체와 통합하려는 기능이 있다. 시인은 자신의 사소한 체험이랄 수 있는 음악 감상으로 자신도 의도하지 않았던 시의 중요한 기능 하나를 독자로 하여금 궁구하게 했다. 다음의 시를 보자.

어느날 네가
지구의 자전을 멈추게 하고
밤새도록 노래를 지어
불러주었을 때
내게 심장이 있다는 걸 처음 알았어

초록이 햇살에 생기를 찾고
바람도 순백의 빛깔을 띠던 날
내게도 심장이 있다는 걸 알았어
네 노래는 내 심장의 파도였어

비로소
하늘이 열리는 줄 처음 알았어
날고 싶었어
날개를 젖지 않아도 되었어

이슬 같은 눈물은 햇살에 날아가고
슬픔은 노래되어 봄바람으로 살랑거렸지

아, 내게도 심장이 있다는 걸 알았어

132

심장이 처음으로 말을 했어
아지랑이처럼 속삭였지
아무에게도 한 적이 없는
그 말 한마디…

- 「나는 알았어」 전문

이 시에서 반복되는 시어인 '심장'에 주목한다. "내게 심장이 있다는 걸 처음 알았어", "네 노래는 내 심장의 파도였어", "아, 내게도 심장이 있다는 걸 알았어", "심장이 처음으로 말을 했어"처럼 시의 화자가 자신의 심장을 의식하게 했던 동인動因은 바로 노래다. 리듬의 물결을 타고 공기 중으로 전파되는 파동은 음악이 실현하는 주요한 기능 가운데 하나이고, 이 음의 물결은 화자에게 심장의 떨림으로 작용하는 것이다. 시인은 구체적 체험에서 시작해서 예술의 초월적이고도 보편적인 상태를 실감나게 진술한다. '승화'라는 말을 갖다 붙이기에는 시적 정황이 충분하지 않지만, 위 시는 '노래'를 기점으로 전후의 감정 상태가 비약적인 거리만큼 차이가 남을 알 수 있다. 즉, "어느날 네가/지구의 자전을 멈추게 하고/밤새도록 노래를 지어/불러주었을 때"부터 시작하는, 화자의 희열의 지속은 "내게 심장이 있다는 걸 처음 알았어"로 대변되는 생명의식의 자각에 그 기점을 두고 있는 것이다. 그 이전의 상태는 폐허요 절망이요 생명의식의 부재였지 않앗을까. 과장된 측면이 없지 않지만, 시인에게 음악은 몸의 생명과는 차원을 달리하는 정신적 생명의 세례와도 같다. 이 생명수의 흡입으로 시인은 시를 쓴다. 음악은 관계의 예술인 바, 주체와 대상이 서로 음을 매개로 속삭이는 소리의 밀어(密語)요 애무다. 아마도 시인은 그런 음악의 성분을 잘 알아차렸기에 자신의 시에서 자주 소재로 활용하는 것이리라.

비가 온다
바람 없이 오는 비는 탬버린을 치듯
경쾌한 소리
시의 리듬을 만든다
시를 읊조린다
우리 할아버지의 초롱초롱 책 읽는 소리

마당에 널린 나락
장대비에 멍석까지 떠내려가도
그 빗소리 리듬으로
책만 읽던 우리 할아버지
그 아들
그 아들의 딸이
시를 읊조린다

비 오는 마당에는
꽃밭에서 두꺼비 엉금엉금

어김없이 나타났는데
비가와도 맹꽁이 한 마리 나올 수 없는
삭막한 베란다
난 분 몇 동그랗다

할아버지와 아버지 살던 집
내 유년의 집
그 꽃밭과 푹신한 흙 마당
어느새 슬쩍 옮겨놓고
시를 읊조린다
할아버지처럼
울 아버지처럼
비처럼

– 「비 오는 날」 전문

「비 오는 날」에서 형상화한 지난날의 정경을 상상해본다. 그 옛날 화자의 할아버지가 책을 읽는 소리가 빗소리와 어우러진 추억과, 화자가 현재 시를 읊는 행위가 스며드는 장면이 따뜻하게 전해진다. 빗소리가 추억을 불러일으키는 경우가 많다. 문인선 시인은 시 낭송가로도 활동한다. 따라서 시인은 시를 '낭송' 즉 읊는 행위와 연결하는데 익숙한지도 모르겠다. 그의 시편들에서 음악의 소재가 자주 나오는 데서도 알 수 있다. "마당에 널린 나락/장대비에 멍석까지 떠내려가도/그 빗소리 리듬으로/책만 읽던 우리 할아버지/그

아들/그 아들의 딸이/시를 읊조린다"'빗소리 리듬'에
맞춰 책을 읽는 할아버지와, 그 손녀인 시인이 시를
읊조리는 일이 보기 좋게 겹친다. 시인은 아름다움이
무엇인지, 그리고 그 아름다움으로 해서 펼치는 평화
로운 세계가 무엇인지 아는 사람이다. 문인선의 시는
그런 아름다움의 풍경에 푹 빠져 상상의 나래를 편다.
그가 세계 한복판에서 시를 읊조리며 꿈을 꾸는 장면
을 상상한다. 푸르디푸른 녹원에서 잔잔하게 울려 퍼
지는 노래, 그 노래에 얹혀 실려 가는 평화로운 꿈들
을 상상한다. 그 꿈들은 시인이 오래전부터 성취하고
싶었던 꿈들이고, 우리 모두가 그리워하고 가닿고 싶
어 했던 꿈이었으리라. 흘러간 모든 것들은 아름답다.
아름답기에 두고두고 떠올리며 그리워한다. 그것은 어
디에 있는가. 그리고 그는 어디에서 무엇을 하고 있던
가. 하지만 우리는 모른다. 문득 문득 떠오르는, 혹은
어디에서 오는지도 모르지만 그 실체만큼은 만질 수
있고 그릴 수 있는 당신이 있기에 우리는 살 수가 있
다. 몸서리치며 그리워 상사^{相思}의 병을 앓으면서도 손
가락으로 그리는 그림, 이 그림이 글자가 되고 음표가
되어 허공으로 너울너울 날아간다. 문인선의 시가 그
리 되고 싶어 하겠다.